JN106153

憲興の閑談日記2

SUZUKI Kenko
鈴木 憲興

文芸社

【目　次】

おかしな世の中

私は高校時代、バカで通っていた。英語となると一問も解らないのだ。数学のみが学年で五、六番だった。旧帝大に進んだクラスメイトはどの科目も二、三番だ。私は能力を振り絞り数学だけが何とか一桁なのに、この生徒は「俺、数学、苦手だけ」と言いつつ私よりいい点を取り、すべての科目が上位一桁にランクインしているのである。頭の出来の違いをひしひしと感じた。だからA先生の悔しさが解る思いがした。専門教育を受け博士号まで取得しながら精神医学を我流で学んだ一患者にまるで歯が立たない。T先生とA先生はお二方とも名古屋市立大学医学部卒だから偏差値は東大の工学部とさほど変わらない。つまり先程の同級生よりも更に上なのだ。おかしな世の中である。

私の障がい

統合失調症とは論理的思考力をやられる者が多いが、幸い私はそっち系には障がいを負わなかった。論理力はある。ただ記銘力に著しいダメージを受けた。漢字や英単語が頭に入らないのだ。「こんな字が、という字が書けないのだそうです」会長（初代主治医）も論文にそう書いた。

学生のレポート

近年の学生はレポートを書かせるとえらく上手いという。だがそれらはすべて権威ある諸先生方の論文のコピーで実際に内容まで理解しているかといえば疑問符だそうだ。フレーズを丸暗記して中身も押さえないままに書いている。そんなところらしい。

統合失調症

統合失調症とはそれだけで優に一つの学問となる程に奥の深い病だ。初めはラビリンスだがプロセスが見えてくるとあとは早い。

ヒトラーと私

ヒトラーは歴史、技術、建築、美術に造詣が深かった。私は、政治、経済、歴史、精神医学だ。

T先生の結婚記念

「T先生、その時計、メーカー何処?」と問うと「ロレックスです」と言われ目玉が飛びでた。医師ともなると身に着けている物がまるで異なる。結婚記念に購入したそうだ。結婚という一生の想い出を一つの時計に託す。そういうのって素敵だな。

祖母のこと

私は中学時代「お祖母ちゃんはずるい。年金を掛けてもいないのに受給している」と罵った。だが祖母はその年金を己のためには殆ど使わず、家族と孫のために使っていた。伯父には2級の身体障がいがあったから祖母の年金は在所にとって大きかったと思う。

初めて『戦争論』を購入した際

私の高校時代、父と、とある書店に寄った。すると兵法のバイブルと謳われる『戦争論』が陳列してあり即座に買い求めた。当時、私はお取り寄せという手法を知らず店頭に並んでいる書籍を購入することしかできなかった。『戦争論』という書名を見て父は不安を禁じ得ない様子だった。

プータローと多忙な人

先日、T看護部長が朝から疲労困憊した相貌で出勤してきた。こういうプータローをやっとるとああいう多忙な日々に憧れる。

泣き落とし

医学の常識として余命数年、というかとっくに死んどる。「愛する女性の側で静かに息を引き取りたいです」「最期の一時くらい愛する女性の側にいたい」何時だったか意見箱で会長に泣き落としをかけたが動いてはくれなかった。会長はあの歳になっても厳格なのだ。

会長の金勘定と棋力

会長は碁がアマチュア五段の実力ながら碁盤を所有していないという。「ネットで打つから必要ない、あんな物は必要となれば何時でも買える。無駄なお金は一切使わない」物凄い締まり屋だ。

司馬小説と加齢

私自身、若かりし頃、憑かれたように貪り読んだ司馬遼太郎さんの作品群がこの年齢となると幾分物足りなく感じる。

仕事と女性

私は仕事に口をはさむ女が嫌いである。「今度の外務大臣○○さんにしてあげなさいよ」このような発言をする女性は嫌いなの。だから私が出逢ってすぐ由美子（仮名）に聞いたのが「選挙に行きますか？」だった。由美子は「行かない」と答えた。その言を耳にし、思わず安堵した。

齢を重ねるにつれ

妹は「学術書が面白い」と言ったが私は学術書だけでなく権威ある政治家や軍人の回顧録も興味深いと思う。とにかく齢を重ねるにつれ目を通す書籍のレベルは明らかに上がっている。

信用のおける男

T看護部長も次期看護部長にノミネートされているY室長も屁理屈詭弁を何一つ口にしない、本音でトークの単細胞人間だ。両者とも信用のおける男であることに違いはない。

私のカルテ

由美子が「カルテは診察のところも一応読むけど難しい」と言った。Y室長も「うん、理解できん」と答えた。

素晴らしい星の下

素晴らしい星の下に私を産んでくれたお母さんに心から感謝したい。

組織のトップとは

組織のトップとは顔としての業務に時間の三分の一をとられる。公党の党首も顔としての業務に三分の一、バッジを維持するのに三分の一、党首としての実務に三分の一だ。

我が憧れの飯島秘書官

小泉内閣当時、首相首席秘書官を務めておられた飯島勲さんは並の閣僚より影響力があった。ロレックスをはめキャデラックに乗っていた。推定年収は一二〇〇万だという。私は飯島秘書官を羨望の眼差しで見つめている。影の実力者でカッコいい。

病棟で生涯を終える患者

私は自分の家があり幸いした。生涯退院できない患者とは惨めなものだ。病棟でただ死を待つばかり。

とある社会的入院の患者さん

私のデイケア時代（二〇代）に一緒だった某さんは今第三病棟に入院している。「帰る家がない」と言っておられた。死ぬまで退院できない社会的入院の患者だ。某さん自身、己の後半生がこのような不遇なものとなるとは夢にも思わなかっただろう。気の毒だがどうしてやりようもない。

政治家という職業

この年齢となると分かる。政治家とは求めてなれるものではない。請われてなるものなのだ。周囲から「是非出馬してください」との依頼を受けはじめてバッジを手中にできるのである。周囲が推してくれなくてはどれ程選挙で大枚をはたいても当選は覚束無い。政治家とはそういうもののようだ。

人の一生

人の一生など凡庸なものだ。ドラマのような劇的な変化が起こることはまずない。人はわずかな浮沈のなかで喜怒哀楽を感じているにすぎない。

父の生涯

父は使用人としての生涯を全うした人だった。某寺で修行した小僧時代も使用人だし、信用金庫時代も運転手で使用人みたいなものだった。遠縁の寺で役僧を務めていたときも親戚とはいえ使用人だ。頭にカーッと血がのぼり怒鳴り付けたい気分になっても（これ以上言ってはいかんな）との思念が絶えず働いたという。

ロレックス

ロレックスとは、ちょっと富裕な大衆メーカーだ。王侯貴族相手のブランドではないという。

著名人の金運

北野武さんは占星術から逆算すると午前一〇時頃この世に生を受けている。その時間帯が最も金運がいい。抜群にいい金運の持ち主だ。小泉純一郎、安倍晋三、明石家さんま、羽生善治といった人達はかなりいい金運の持ち主だ。北野さんはそれより上ということになる。

超高級時計

超高級時計には手巻きも多い。毎朝三〇秒ゼンマイを巻くという。これを手間と感じるようでは超高級時計は所有できない。

億万長者の財運線

私の左手には、松下幸之助にあったのと同じ億万長者の財運線がある。

内助の功

内助の功とは、連れ合いが窮地に追い込まれた際に威力を発揮するものだ。私も由美子とそういう夫婦になりたい。

由美子と占星術

昔、由美子が妙なことを口にした。「〇〇さん」私の実名を上げ「何時に生まれたの？」と。当時、私は占星術なるものを知らず「夜の一〇時一五分」と答えた。翌朝、由美子は、得意満面の笑みを浮かべていた。なんかいな、と思ったら占いだった。

学術書の読書法

学術書とはテキストを見ただけでは専門用語の羅列で何が書いてあるのか解らない。これを習熟するには行間を読み込む必要がある。私自身若かりし頃、クレペリンの医学書に目を通したが極めて難解で一読しただけでは理解できかねた。医術とは丸暗記の学問ではなくプロセスを明らかにしていく必要がある。

会長への忠誠

私は会長を裏切る真似だけはしたくない。会長との出逢いなくしては今日の私はなかった。

会長とアカデミック

会長の精神医学に対する知識欲には凄まじいものがあり精神医療に関することならすべて押さえたい、そんな気風であった。その反面専門バカで、精神医学以外については凡そ無知であり病院と学会と大学の中しか承知しない。会長にはどこか浮世離れしたところがあった。

私とは

私は理屈の天才だ。健常者なら腕利きの弁護士になれたかも。

私の心の古里

私の心の古里はS病院だ。S病院にはいい想い出が詰まっている。

ゴールドカードで払う人

先日、外来でゴールドカードで支払いを済ませる人を見た。患者にも凄いのがいる。

一〇〇万ドルの微笑

会長のホロスコープには「笑みで他人を魅了する」とのフレーズがある。当たっている。

会長は常に笑顔を絶やさなかった。私が微笑んでも誰も振り向いてくれない。どちらかというとムッツリしている。人柄は真逆だが私は、会長の一番弟子だ。

文語で書くということ

ひとかどの物書きを志すなら——口語ではなく——文語で書く必要があった。ただ平素用いることの少ない文語で書くという作業は至難を極めた。司馬遼太郎、村上春樹、両氏に限らず一流作家とはみな文語で書いている。口語調で記述されていながらベストセラーとなった黒柳徹子さんの『窓ぎわのトットちゃん』といった作品は例外であろう。

貧困層の拡大

父が生前、口にした。「ブラジルのコーヒー農園で働いている方はコーヒーなんて高価で飲めないんだぞ」と。日本もそれっぽくなってきた。クルマなんて高くて乗れない。軽自動車を維持するのがやっとという層が尚更のことに増えた。

司馬遼太郎さんと私

司馬遼太郎さんは長編から短編、エッセイに至るまでなんでも書けた。新聞記者時代に書いたコラムのできも水準以上だった。私は、物書きとしてはコラムしか書けない。小説やエッセイを記す能力はない。尤もあのような巨人と同列視すること自体、誇大観念だとは思うが……。

ボロをまとう偉人達

西郷隆盛、坂本龍馬、両氏もボロをまとっていた。

会長の診断　NO.1

私が精神疾患を患った一〇歳の段階で、会長は「精神分裂病」という診断を下しただろうか？　仮に一〇歳で受診したとして、だ。当時、四八歳で臨床医として脂の乗りきった会長なら（くどい子だな）とそこに着目し抗うつ剤を投与した可能性がなくもない。もちろん事前に母に対し「この子は昔からくどかったですか？」と問診をした上で、だ。だがこの段階では私を統合失調症と断定するにはそう断定付ける精神症状が明らかに欠けていた。「重大な病変が隠れているかもしれない」会長はそうとしか述べなかっただろう。

会長の診断　NO.2

様々なケースを想定すれば一〇歳で初診というのも考えられなくもない。私がいじめを理由に登校拒否を起こし保健所の紹介で精神科を受診なら十分にあり得る。

会長の診断　ＮＯ．３

会長が私を統合失調症と断定するのは中二からだ。当時の私を精神医療の専門医が診ればば精神疾患を疑う箇所がいくらかあった。ただ軽率な診断を厭う会長はこの段階では問題行動、異常行動が皆無なところにも着目したはずだ。恐らくこの年、「精神分裂病の疑いあり」で私は、養護学校に転校になっていた。

私の抱負

お父さんとお母さんと由美子。この三人のために私は、これからの人生を捧げたい。

大恋愛

ホロスコープによると私は「大恋愛の末、人生がよい方へ激変する」という。妻となる、由美子との大恋愛。

母への想い

お母さんに逢いたいな。ぼくのお母さん。

会長とはこんな人　NO˙1

S病院を精神医学上における芸術と心得る会長にとって、人柄の悪い職員ほど有がいないものはなく、またこの種の職員を解雇することに会長は頓着がなかった。

男の世界は信用の世界

「女がポロッと嘘を吐くくらいは可愛いけど、男が嘘を吐いちゃあいかんね」年輩の職員に私が言うと「そおお」と返すので「男の世界は信用の世界なの」と言うとニヤッと笑った。

政治家という職業

国政選挙で当選を果たすのは候補者のごく一部。そして当選こそしたものの次の選挙に生き残れるのは全体の三分の二だ。議員の三分の一は一度バッジを手中にしただけで国会を去ることとなる。幾度も当選を重ねて党三役、主要閣僚にまでのし上がるのはごく一握りの人達だ。政治家が不安定な業種であることに違いはない。

占いと医学

占いが当たるか、医学の常識が通るか?

会長とはこんな人　NO.2

「T先生も会長の恐ろしさは承知してると思うんですが、そういう意味では会長も冷たい人です」私が言った。

由美子の先生

由美子が「先生」と呼称する易者は何処の方だろう？　高山東明さんの弟子かな。由美子は占い依存度が強い。あの子もすべて占いだ。重要案件は占いで決する。

私が敬う人達

私が、敬うのはヒトラー、会長、そして由美子だ。忠誠を誓うのは会長、父、由美子のお姉さんだ。

会長とT先生の談話

「障がいの重い方だと聞いていたので当初どの程度のミリ数にしていいのか分からず手は非常に要したんですが……」「彼は薬量さえ足りていれば手は一切掛からない」

ホロスコープより

私は、「よき師に恵まれる」という。

私の座右の銘　NO．1

「汝、イエスマンたれ」

政界の統治法

政界とは議員が衆参あわせて七〇〇人と少しいるだけだ。与野党半々として三五〇名ずつしか構成員がいないのである。従業員数三五〇人の企業など中小企業だ。だから政界における統治は中小企業的なのである。バカも利口もみんな抱え込む大企業方式ではなく少数精鋭のグリーンベレーだ。そのようなわけで会長のS病院（職員数一八〇名）統治法は大いに参考となった。

会長から学んだこと

「闘争的になるのではなく寛大になれ」近年、会長から学んだことだ。人格者で優れた臨床医だったH先生。

現人神

会長は価値観が素晴らしく、まさに現人神という呼称がふさわしい。

カンファレンスより

「彼は死を恐れてもいない、死の恐怖に立ち向かおうとすら考えていない。自分が死ぬかもしれないということを何とも思っていないんです。生命の不安をまるで意に介していないんです。そうでなくてはこのような症例、生まれるはずがありません。凄まじい精神力の持ち主だと言わざるを得ません」

共産圏唯一の成功国

キューバは共産圏唯一の成功国だという。フィデル・カストロはクリーンな政治家だった。

私の座右の銘　NO.2

この年齢となり私が最も愛好する用語、それは「寛大」だ。

S病院の最高幹部達　NO.1

Hリハビリ支援部次長は厳格、T看護部長は頑強、会長は頑固で厳格だった。部署のトップなら一つの能力で充分だが組織の長は両方揃ってないと無理だ。

人事考課オールA

由美子は中卒の准看で課長にまで昇進した。異例の抜擢だ。人事考課オールAである。協調性A、やる気A、責任感A。T部長がそれらしきことを口にした。

由美子の対人交流法

由美子はT部長が「ここはこうだからね」と断定的な発言をすると一切反論しない。そして同じ指摘は二度とされない。稀に何か指導されると一度で改める。由美子は「他人と円満に生活していく能力に優れている」コミュニケーション能力の高い女性だ。だが「愛する人とは争う」という。当たっとる。この一五年を振り返ると喧嘩ばかりしていた。ただ上司に類似の指摘を再度受けないのがいいところだ。学歴の問題さえなければ有力な次長候補なのだが……。

S病院の最高幹部達　NO.2

会長もそうだしT部長、H次長に共通するのは下に対する配慮だ。スゴいと思うのはポーカーフェイスのできる人で、己の機嫌にかかわらず下と接する際は常にソフトに対応する。会長など絶えずニコニコしていた。

H次長に見る帝王学の極意

外来OTが第二デイケアと呼称されていた頃の話だ。詰所のドアが未施錠の時があった。私は一人でホールにいた。そこへH次長がやってきた。H次長は後からきた職員に小声で「詰所が開きっぱなしで○○君（私の実名）が独りでいたけれど、何かなくなったら○○君を疑わなくてはいけなくなってしまう」と指導していた。あの辺に人望というか帝王学をどこまで極めているかが窺われる。

父の小僧時代

父の小僧時代、父の兄弟が慰問に訪れたことがあったという。するとよほど寂しかったのか、父は泣き出してしまったそうだ。

看護師と金融機関の最高位

看護師は頂点にのし上がっても部長しか部署がないから興味半減だ。同程度の学歴で父の信用金庫に入庫すれば最高位は理事長になれる。配下に二千人いる。私はそっちの方がいいな。

強かな男

父は他人の悪口を一切口にしない男だった。育った環境のせいだと思う。中学を卒業後、一人で生きてきただけに強かにできていた。因みに小泉純一郎も類似の人間だったという。反田中派、反竹下派以外は人の批判を公言しない。昨日の敵は今日の友。敵味方が激しく入れ替わる政界において何時何処で世話になるかも分からない。だから憎悪心を抱きつつネガティブな話題は何一つ口に出さなかった。小泉も若年期から冷飯を食わされてきただけに強かにできていた。

この年齢となると

この年齢となると世界観が出来上がり何かを学ぶのはなかなか難しい。政治、経済、精神医療系にはそれなりに通じているが、それ以外の分野となるともう頭には入らない。

会長の論文から　NO.1

「治療を始めた当初、彼の私に対する反感は相当根強いものがありました。しかしその彼が主治医を交代して九年を経た今でも私に忠誠を誓っているというのです。このように、誠意をもって接すれば患者さんは必ず心を開いてくださるのです」

若かりし医大生時代の会長と占星術師

「あなた自身、大変立派な方になられます。そして多くの人を救うでしょう。しかしあなたの最大の天命はそのようなことではなく『世を一新する逸材を育てる』ことです。医大生なら血脇先生は知っていますね。あなたは野口英世にみる血脇先生のような、そんな存在です」「ほぉー、では私の教え子からノーベル賞受賞者が出るとかそんなところでしょうか？」「その通りだと思います」会長は若かりし医大生時代、占星術師にこう宣告された。

靖国参拝反対論

私は、閣僚が公人として靖国神社を参拝することに関しては反対の立場である。何故なら戦没者の御霊が神となり靖国神社にいくという教義は戦前の政府が戦前の憲法下で国民に強要したものだ。私は戦没者の霊は戦没者が生前信仰していた宗教団体が個別に弔うべきものであると考えている。そしてこれこそが現憲法下において保証された信仰の自由だろう。

不穏患者との接し法

昔第二病棟で周期を行った際、会長は診察に来なかった。詰所で報告のみを受けていた。また、それ以外で私が不穏の時、会長はカウンター越しに診てくれた。周期の不穏患者との接触は非常に危険でありこういった際、会長は常にマニュアルに忠実に行動した。

英雄の性格　NO.1

ヒトラーもナポレオンも極めて短気で神経質だった。

救世主の宝庫

私がB看護師に己が救世主であることを話題にすると、「ぼくも救世主ですよ」某患者が声を掛けてきた。「結構いますね」Bさんが口にした。「ここは救世主の宝庫だね」私は言った。

英雄の性格　NO.2

ヒトラーもナポレオンと同じく、曲がったことが大嫌いだった。

英雄の性格　NO.3

強烈な統率力を誇る為政者とはみな執拗だ。ヒトラー、ビスマルク、信長、大久保利通、どれも偏執的と思われる程に執念深い。ヒトラーなど執拗な人柄が相貌に現れていた。

影の横須賀市長

小泉純一郎の実弟である小泉正也さんは小泉政権当時、私設秘書として横須賀を仕切っていた。なにしろ影の横須賀市長と崇められ横須賀においては市長より正也さんの方が影響力が上だった。専属の運転手をつけた白いワゴンタイプのベンツに乗り込んでいた。横須賀市長候補としてノミネートされたことも一度や二度ではないらしい。ただ本人が黒子に徹した方で周囲もそれに同調し最後まで地方政界の表舞台に立つことはなかったそうだ。

由美子の言葉

「彼、障がいが重いからどこまで解っているのかが分からなくて」

頭の違い

私の高校時代、クラスメイトにC君がいた。野球部員で私の在学した学校は高三の夏、県大会で決勝戦にまで勝ち進んだためC君は野球三昧の三年間だった。受験勉強は高三の二学期から始めた。それなのに某大学（県内の三流私立大学、私はここの二部に進んだ）なんて楽々受かり、某大学など蹴って教育大学レベルの国立大学に進学した。私は帰宅部で勉強三昧の三年間だったから頭の出来の違いをひしひしと感じた。悔しかった。努力が必ずしも報われない、俗世の不合理さに嫌悪感が湧き起こった。

神を憎悪した私

俗世とは勤勉なだけでは成功しない、善良なだけでも成功しない。俗世で人生を謳歌している人すべてが勤勉、善良なわけでもない。俗世の不合理さ。だから若かりし頃の私は神を憎悪した。

結婚三〇年未だ熱々

患者のYさんは御主人と夫婦仲がとてもいい。「子供なんていなくても十分幸せだよね」私が言うとにこりとしてくれた。結婚生活三〇有余年未だ熱々である。

鉛筆一本で数百億円を稼いだ男

司馬遼太郎さんは歴史小説を一新する力作を書き続けた。鉛筆一本で数百億円稼いだ。

偉大なる会長

私は人生が始まって初めに面接したお偉いさんが会長だった。だから他人の上に立つ者とは誰もがあのような感じなのだろうと思い込んでいた。だがこの年齢となり、ひしひし思うのはあれほどの人はそうおらん。

現金封筒の財布

私は平素、お札用の財布を携行しない。お札は現金封筒に入れている。この手法は父を模倣したものだ。現金封筒の財布は無料だしボロボロになれば変えればいい。それに嵩張らない。更にいうと軽い。

医学書一冊分の知識

精神医療の素養としては医学書一冊分があるのみだが、素人なのだからこれだけあれば上等だ。

ドクターと患者――潜水艦に例えるなら

潜水艦に例えるなら患者はソナーマンでありドクターは艦長だ。艦長はソナーマンのもたらす情報をもとに状況を把握し決断を下す。有為なソナーマンを抱えると艦長は楽だ。

私は腕利きのソナーマンなのだと思った。

投げてしまった『狂気の歴史』

T先生に「ミシェル・フーコーの『狂気の歴史』は読みましたか?」と問うと「読んでないです」と答えた。フーコーの著作は精神医療的思慮というより哲学的教養を要求される。私も少し目を通したが面白味を抱かなかった。

T先生の財運線

T先生の手相を視ると投資と蓄財の両方で成功する相をしていた。

母の気苦労

お母さんに逢いたいな。夢の中で母が口にした。「お母さんがしてくれたことなんて分からんだら」まるで(お前が病気をしてお母さんも難儀したんだよ)そう語っているようだった。

お互いに歳を食った

五年程前、由美子が眼鏡を外して書類に目を通していた。「なはは、バアちゃんだ!」と笑い飛ばしていたが、この年齢となると私自身老眼が入る身となった。

私が敬う人

H主任が「あなたが（会長先生を）リスペクトしているのは知ってるよ」と口にした。

由美子も今では幹部職員

幹部職員である由美子は平看護師では承知しないことも把握しているし、様々な情報が早く入ってくる。

明治維新以来の模倣民族

西洋では己が他者と類似の物を所有することを好まない気風がある。それに対して明治維新以来の模倣民族である我が国においては、周囲と同じ物を自身も持たないのを恥じる風潮だ。

老後も働く低所得者

こういう時代なので低所得者層は定年後も体が動くうちは働かなくてはならない。老後の勤め先で多いのはビル監理業務、警備、清掃だという。

とある患者の心残り

四半世紀前、デイケアに在籍していたKさんは高校中退だった。壮年に入ってからも「A高校を卒業したかった」と訴えていた。あの年齢になればもう高校はいいだろうにと思うのだがKさんにとってA高校を卒業できなかったことは大きな心残りなのだと思う。「高校中退」患者の多くが一番初めに味わう挫折だ。

クレペリンの医学書

クレペリンの医学書も邦訳されてはいるものの、殆どの人にとって理解不能だ。日本語で書かれていながらまるで解らない。難解な記述である。

冷血の人、小泉純一郎

小泉純一郎はイラク戦争時、自衛隊をイラクに派遣したが帰国した自衛官に飯を食わす配慮すら怠った。私なら一個中隊を選抜して迎賓館に招き本格的なフルコースをご馳走していた。私も冷たい人間だがあれほどではない。小泉には人間の血が通ってない印象を受けた。

由美子の年齢

由美子も老後を案じる年齢となった。

父のうわ言

父は強迫神経症に罹患した際「生きとってやらにゃ、生きとってやらにゃ」をうわ言のように連発した。人とは極限状態におかれた際、詭弁を口にしない。本音を吐く。その本音が「俺はまだ死にたくない」ではなく「生きとってやらにゃ」だった。

母の虫

半世紀生き、ようやく幸福を体感できるようになった。母は私を身ごもった際（こんな性格の暗い私が子供なんて作らない方がいいのではないか。たとえ作ってもその子は苦労するだけだし）よくそう思ったという。「お母さん、それ、虫が知らせていたのだよ」と語ったことがある。妹の出産に際してはそのような思念は浮かばなかったそうだ。

政治家の気苦労

政治家とは国民に存在を印象付けるため、常に同じデザインの服を着る必要がある。なるべくインパクトの強い独特な眼鏡を掛け、髪型も常時同じだ。散髪は毎朝らしい。

お母さん、ありがとうね

今うたた寝をした。私が発狂し母が号泣している夢を見た。母は、私が精神科を受診した際一ヶ月寝込んだ。ぼくのお母さん。ありがとうね。

脳外科のお見舞金

父は某寺の院主が脳外科の手術をする際、お見舞い金を三〇万円包んだという。父はこういったところで出し惜しみをしない。お見舞い返しにブランドバッグと小銭入れをいただいた。そしてその財布は私がありがたく愛用している。生後一年未満の高級仔牛革だ。

西洋の超高級料理

西洋では生まれたばかりの仔牛をわずか八日程で屠殺するという。それが超高級料理となるらしい。殺されるために生まれてくる。むごい話だ。

とある易者の言葉

中高時代は嫌な奴の巣窟だった。あのようなところには二度と戻りたくない。「この子は二〇歳まで物凄く運勢が悪い」私の幼少期とある易者に指摘された。某易断の鑑定結果にも「この方は生まれつき晩年運を持ってこの世に生を受けておりますので、若年の内は気を強く持って頑張ってください」とあった。

私の特技、第六感

武田信玄と私。両者に通じるものがあるとすれば、それは第六感に優れているところであろうか。「〇〇さん（私の実名）がまたおかしなことを言い出しちゃってるんだわ。ご免なさいね。毎回変なことを聞いちゃって。あなたがここに来る前、前の病院を首になっているってホントかな？」「准看だという理由で切られました」「苦労が勤務態度に出てたって言うんだけど、何でそんなこと、分かるんだろう？」

会長の論文から　ＮＯ．２

「極めて知的水準の高い患者さんであり」「あれほど難解な医学書を誰からの教授も受けずほぼ独学で概要を大筋で押さえてしまったんです」「確かに彼女は独身ですし、そっち系はまだのようなのです。しかしそれを少し話しただけで見抜いたのです。素晴らしい頭脳です」

治安のいい警察国家

警察国家とは案外治安がいいものだ。北朝鮮もヒトラー政権下のナチス・ドイツも凶悪事件など滅多に起きなかった。八〇年代、治安が滅茶苦茶だった自由の国アメリカも国粋的となる反面治安は持ち直している。因みにあちらのメディアでは「愛国的でない」という口実で政府に批判的な報道は実質できない。今ではニューヨーク市内の地下鉄に乗っても落書きなど考えられなくなった。それに引き換え国際都市、東京においては小うるさい規制がない代わりに治安は悪化の一途を辿っている。

勤勉な職員

主任時代のY室長と朝一〇時、売店の前ですれ違った。ちょうど出勤してくるところだった。遅刻かと思いきや遅番だった。一三時から始業にも拘らず一〇時に出勤してきた。そして二一時まで勤務し（お疲れさま）と思ったのも束の間そのまま当直を務めていった。結局その日は翌日の昼過ぎまで詰所で執務をしていた。最後は仕事に疲れて怒り顔。感銘を受けた私は会長に手紙を書いた。世界初の症例を持つ私の手紙は今でも会長まで上がっている。「あの時、お褒めあった？」私が聞くと「ありました」Y室長は答えた。なはは、やったね。

政治家の職業病

飯島勲さんもかなり肥満している。糖尿病は政界関係者にとって職業病のようだ。政治家とは過度の激務からストレスが溜まりどうしても摂食量が増える。で、見事な肥満体となる。ただ政治家は肥満している方が見映えはいい。小泉純一郎のガリは政治家っぽくなかった。

司馬遼太郎さんとロシア語

司馬遼太郎さんは若かりし頃、ロシア語を一年習いかろうじて字引が引けるようになったという。ロシア語は文法が極めて難解で習熟するのに余裕で一〇年の時を要するそうだ。

司馬遼太郎さんと私の物理

私は高校時代、数学を得意とした。それなのに数学と親戚関係にある物理が大の不得手なのだ。なかなか教員採用試験に通らない物理の講師に「おい、頑張ってくれよ」と言われたこともある。「物理は難しい」と返すと「あれだけ数学ができて、なんで物理が解らないんだ」と言われたりした。あの頃の私は数学オンリーで数学だけなら首位を得たことも三度あった。最高で全国偏差値84を二度取った。なのに悲しいかな、物理となるとまるで駄目なのである。数学であれほど馴染んだはずの数式がラビリンスなのだ。人の脳とはどのようになっているのか旧制中学で、数学が一問も解らなかった司馬遼太郎さんは新聞記者時代サイエンス記事を得意としたという。晩年のエッセイにも「量子力学の簡易な解説程度なら今でも書ける」と書いておられる。おかしなものである。

精神障がい者とクルマ、そして凶悪犯に対するメディアの報道

「病気の人って免許が持てんでしょう。みんな隠れて乗っているけど事故をしたとき保険は下りるの？」相談室で聞くと「触法行為なので下りないと思います」と言われた。たとえ主治医の承諾を得ていると訴えても理由にはならないようだ。だが視覚聴覚に異常が皆無にも拘らず精神に障がいがあるというだけで運転免許の取得が不可とは如何なものか。運転免許の有資格を得ない行政上の理由として挙げられるのは、事故を起こした際の責任能力がないためだが故意に轢殺する患者などまずいない。現にそのような報道は見たことがない。これは行政の偏見であるとしか言いようがない。更に述べると凶悪事件が発生すると弁護側は決まって心神喪失ないしは心神耗弱を主張する。だがこのような弁護と報道はそっち系の疾患を患う患者にとっては甚だ迷惑なのである。というのもこういった報道を見た一般視聴者は（精神障がい者とは殺人を犯すものなのか？）という誤認を抱くようになるからだ。そしてこれが更なる偏見を助長し行政の進展をもなかなか得られなくするのである。

養鶏所の社長さん

私が若かりし頃、院外作業で通所した養鶏所の社長は人柄がよかった。無愛想な男なのだが袖の下を嫌い、患者に一切偏見がなかった。トップに偏見がないから家の人も誰も偏

見を持っていなかった。「色々あったみたいだけど、もう治ったんでしょ」社長がそう声を掛けてくれた。

先生方のクルマ

小学校の北側を通る際、駐車場に止めてある先生方のクルマを見た。圧倒的に5ナンバーが多く、皆さしていいクルマに乗っていない。金はあっても児童や父兄の手前安価なモデルにしか乗れないのかと思った。

小泉純一郎の最大の業績

小泉純一郎の最大の業績は郵政三事業の民営化などではなく、派閥の勢力関係を変えたことだ。これにより小泉政権以降の流れが大きく舵を切った。

六本木ヒルズ

六本木ヒルズの各フロアは大きい区画で七〇坪とか五〇坪だ。当時としては広かったのだろうが現在の基準からすると日本一とはとてもいえない。竣工から二〇年の時が経過し既に時代遅れの感がある。成功者の証だった六本木ヒルズ。それも昔日の話だ。

村上春樹と専業作家

執筆には膨大な余暇が要る。兼業で書いておられる方には申し訳ないが正業の片手間で著書を執筆しても就労後の疲労した頭で書くためどうしても思考力が落ち創造力、文章力ともに薄くなる。ベストセラー作家とは膨大な余暇のなかでインスピレーションを働かせ閃くと一気呵成に書き上げる。私が若かりし頃、目を通した村上春樹さんのエッセイによると、春樹さんは平素仕事を何一つしていない。ビデオを観て音楽を聴いてジョギングや散歩をする。プータローのように遊び呆け直感が働くとようやく本業に入る。発表する著作すべてがベストセラーなので資産はそれなりにあるのだろうが、ゴロゴロしていることが多いため知名度の割に持っていないのかもしれない。

胸に響いた担任の言葉

私の小学時代、テレビで「びっくり人間大集合」という特番がよく組まれた。「面白いじゃん」と言う私に担任の教諭が「先生はああいう番組は好きになれません」「人間を見世物にしているからです」と答えた。

肉食と菜食と寿命

栄養学とは結論のない学問で、時代によって解釈が変わる。ただ古来より語り継がれている古人の教えとは現在の基準から見ても当を得ている。一例を挙げるなら肉食よりも菜食の方が健康に有益、などだ。確かに肉食動物とはみな短命である。ライオン、トラ、犬、どれも一二年程しかこの世に生がない。振り返って思えば地球史上最強の肉食獣であるティラノサウルスも寿命はそれくらいであったという。逆に象、シマウマ等の菜食動物ともなれば三〇年以上生きるものもざらにいる。

ナポレオンとカエサル

ナポレオンは外征中、兵の目前でも優雅な暮らしを享受した。一方カエサルは兵と同じ物を食べ、兵が毛布にくるまって寝るときはカエサルも同様にし、兵がテントで寝る際はカエサルもテントで寝た。

父の人物眼

父の生前、児玉源太郎と寺内正毅の写真を見せ「支店長にするならどちらがいいか？」を問うと、意外にも父は寺内正毅を指した。「こっち（児玉）は？」と聞くと「こっちはきついな」と当に図星の理屈を述べた。確かに児玉はあれほどまでに歴史上の評価が高い人物だけにきつい男だったと思われる。ただ父に愚問をぶつけあまりにも強烈な統率力を誇る逸材が一緒にいて必ずしも居心地のいいものではなく――かえって煙たいものだと改めて思った。因みに山本権兵衛の写真を見せると「こんなヤクザみたいな奴は嫌だ」父は答えた。

R市議に宛てたメールから

R先生（私が支持している市議）ご自身の口からは言えないかと思いますが、R先生は明らかに一介の市議会議員で終わる方ではありません。ホロスコープ（R市議は——あくまで占星術によるとではあるが——将来的に市長になられる方のようだ）を視る前からぼくはそう思っていました。手相術の書籍によるとぼくは企画と人事にむいています。ぼくが関心を寄せるのはプランニングと人なんです。占いの世界とはいえぼくは天下を取る器です。見込みのない人間に期待をかけたりはしません。できる人材のみを抜擢する、そういう人間です。ぼくがR先生に興味を抱いた第一はその勤勉さでした。ドラッカーも指摘しています。「マネージャーに最も必要な資質、それは真摯さである」と。やはり他人の上に立つ者とは勤勉でなくてはならないんですね。そして政治家にもっとも求められる能力それは——演説力や集金力ではなく——決断力です。ぼくがX市議を批判した際、R先生が言われました。「議員の日々の活動に最終的に評価を下すのは市民の皆様です」と。X市議を鉈で割ったように酷評しています。この発言を耳にした際（けっこうきつい人だな）と思いました。きついという表現に語弊があるのなら決断力があるとか政治力があると申し上げた方がより適切かもしれません。この二点でぼくはR市議という政治家がマジで気に入りました。

米国の公約

米国においては政権が代わると公約は反故というのは頻繁に指摘されるところだ。TPPは、米国の発案で交渉が始まり米国の離脱で決裂した。

昭和最後の半年

昭和最後の半年とは昭和の天皇様が生き地獄を味わわれた日々のことである。あの半年、侍医達は輸血だけで持たせた。癌の末期で既に再起不能の状態。下血、吐血を繰り返し通常なら医師も匙を投げる段階だ。昭和六三年という年は天候も崩れどしゃ降りの雨が降ったと記憶している。(天皇に生まれ落ちるとは大変なことだな、死なせてももらえんのかな)当時、高校生だった私はそんな昭和帝を不憫に思った。

ブランドバッグと海賊版

ブランドバッグに海賊版はつきものだが、ああいったコピー商品が巷にでまわるのは、一つにはブランドバッグの付加価値が高すぎるということがいえなくもない。

私のコラムは中高年以上向け

私がある職員に口にした。「将来性のある男と一緒になってはいかん。連れ添うなら将来性のない男の方がいい。将来性のある男など職場での勢いが家庭でも出て奥さんは女中みたいだぞ。会長の奥さんなんて完全に女中だ」。ただ私の持論は若い子には受けなかった。年輩の職員は誰もが頷くのだが、まだこれからという子には理解不能のようだった。私のコラムは特に中高年を意識した訳ではないが、ある程度齢を重ねたオッサンオバハンにしか分かってもらえないものらしい。

大久保利通邸

大久保利通は、西郷隆盛率いる私学校側から「豪奢すぎる」とひんしゅくを買う邸宅を建てた。当時の金で一万三千円。現在の貨幣価値に換算し直すと三億九千万だ。大久保贔屓の司馬遼太郎さんは、大久保の新邸が当時最高級だったレンガ造りではなく木造であることを指摘し「決して華美ではなかった」と主張する。だが四億に迫る金額が庶民レベルでないのは明らかだ。

小泉純一郎の恐怖

小泉純一郎は他人の批判を何一つ公言しなかった。昨日の敵は今日の友。敵味方が激しく入れ代わる政界において何時何処で世話になるかも分からない。だから小泉はネガティブな話は断じて口にしない。人とは吐き出してしまえば楽になる。それを溜め込むので小泉純一郎は絶えず怒りを堪えていた。そう思うと恐ろしい。ホロスコープにも「人心を考えない無慈悲な手法で目的を達成する」とある。

夫婦の絆

母は晩年、私の模倣からか創作に燃え、母の旧友が主催する寄稿文集にエッセイを投稿するのを余暇としていた。「私の足りないところは主人が補い、主人の足りないところは私が補い、こうして四十数年過ごしてきました」とのフレーズが強い印象として残っている。生物学的な観点からすると男女とはお互いにないものを求め合うという。そして気の合うカップルはお互いの体臭を「いい匂い」と感じるものらしい。由美子と出逢い「成功したら必ず迎えにいく」と啖呵を切ってはや一六年となる。私達はお互いに依存し合いお互いの長所も短所も知り同居こそしていないものの既に夫婦みたいなものだと思っている。夫婦とは空気のような存在。「あって当然」「特に美味くもないが不味くもない」だが「ないと生きていけない」のである。

和歌山毒物カレー事件

一九九八年に発生した和歌山毒物カレー事件。四人死亡、六七人重軽傷という凶悪事件だが物的証拠もなく動機さえ解明されないまま状況証拠のみで下された死刑判決だった。一五〇〇点に及ぶ状況証拠があったとはいえこれ程の重大事件で犯人を挙げないわけにはいかないという——政治的事情に基づく——検察の威信をかけた裁判でもあった。この事件の死刑執行命令書に署名する法務大臣は現れないと思うが、仮に冤罪だとしたらそう思うと恐ろしい。繰り返すが物的証拠が皆無のなか状況証拠のみで下された死刑判決だった。

父の元上司某支店長

父の元上司である某支店長は理事に累進し本部に栄転する際、希望ポストを問われ「歳食って不慣れな仕事はしたくない」と自ら本店営業部長を希望した。本店営業部長というこのポスト、業務内容こそ本部の支店長だが支店長級の部下が三名おり一般支店とは動かす金のスケールが桁違いなのだという。ただ私なら企画か人事がやりたいな。

誰もが天皇級の帝王学

只今、私は入院中である。二一日にスマホの許可が下り、由美子やその他の方に「今後ブログの更新はしない」とメールして四日での更新となった。根がいい加減というか気まぐれなのである。昭和帝は幼少期から「君命は一旦発せられると取り消せない」と厳しく教授され在位初期には相当苦しまれたのだという。私のこの性格は病によるものだ。朝令暮改を繰り返す気まぐれな私だが、振り返って思えば信長にもかなり気ままな一面があったという。今時の政治家は不特定多数の方からＳＮＳ等で常に監視されている。ちょっとした失言が命取りとなる。こういう時代なので政治家を目指す方は駆け出しの頃からの主義主張が一貫しておらねばならず、仮に大成すれば数十年前の発信との矛盾点を叩かれる。

政治家を志すなら誰もが天皇級の帝王学を身に付けなくてはならない。難しい社会となった。

この世の現実——政治家というお仕事

今時の時代、汚い仕事に手を染めないのは共産党だけだ。では何故共産党がクリーンかといえば資金が潤沢だからである。党員から多額の党費をむしり取っており、その資金力は自民党をも上回る。自民党の諸先生方は党に頼らず自ずから金を集めなくてはならない。政治とは金であり資金力の差がそのまま得票数の差となる。政治には莫大な金が必要だ。橋下徹さんが現役時代に述べていたが、事務所の家賃だけで月に三〇〇万だという。

とある職員の言葉

「障がいを口実に逃げちゃダメ」。何かあると「障がいが重くて」と逃げを打つ私に年輩の職員がそう口にした。「確かにできないことは仕方がないのだけど、それは一番卑怯な理屈だよ」某さん、毒舌だがいい人だった。

カルト教団の描く政治的野望

オウム真理教のようないかがわしい宗教団体がやたら国会に議席を得たがるのは、バッジを手中にすることでカルト指定の解除や様々な権力を行使できるという利点があるからである。

歴史は繰り返す——新たな冷戦の幕開けと終結

中国の習近平国家主席は、国民経済をないがしろにし軍事力増強を図りつつ領土的野心をむき出しにしている。現代社会は米中にロシアが入り交じった新たな冷戦体制の幕開けだ。私が青春期を過ごした、八〇年代、あの時、誰もがいずれ第三次大戦が勃発するものと思い込んでいた。そして「強いアメリカ」をスローガンにレーガン米大統領は軍事力を強化し続けた。俳優上がりで小難しい政策にはまるで疎い男であったといわれるが、レーガンの提唱したビジョンにより——米軍産複合体はぼろ儲けし——米国経済の復興に見事成功した。だが戦時中でないにも拘らず余りにも国民生活を犠牲にした諸政策に人々の鬱憤はつのるばかりだった。そうこうするとゴルバチョフソ連共産党書記長が登場し米ソ冷戦の雪どけとなった。歴史は繰り返す。今回も類似の経過をたどると思う。

とある歴史小説愛好家の手によるビスマルク伝

私の蔵書に、とある歴史小説愛好家が書かれた『ビスマルク伝』がある。大変緻密にビスマルクの生涯をたどっておりなかなか興味深い。ただこの著作は素人相手に企画原稿を募っている出版社から刊行されたもので印税は初版ゼロ％なのである。そして今時の出版界においては余程のことでもない限り増刷など見込めないのだ。つまりこの著者は懐を痛めずに自書を世に問えたという利点はあるものの、印税は手中にされていないのである。こういう時代に得をするのは常に投資家といわれる人達で、現場において流汗淋漓する者とは富を得られないものなのだ。

意外と安価な人生達成術

R市議は当選当初恐らく三千万程度の負債を抱えていたと思う。R代表（ケアマネさんの事業所のトップ）も創業間もないころにはそのくらいの負債があった。それを思うと、百万程度の投資で人生に華が咲く可能性がなくもない執筆とは、意外と安価な人生達成術だ。

陰謀論者の迷言

コロナのワクチン接種が始まった当初、陰謀論者として名高い我が国の諸先生方が「打つな、打つな」と大連呼した時期があった。ワクチンが定着するにしたがい世論からもリスクこそあるものの効能も高くワクチン接種は有益と認知されたが。しかし人命に関わることが社会問題となった際、あのような方々の言動はかえって世間を混乱に陥れるだけである。

理想の夫婦像――両親のような関係

私の描く由美子との理想の夫婦像とは両親のような関係になることだ。私は屋内に関することは女に任せておけばよいと思っている。父は様々なところにまで気の回る細かい一面を濃厚に有していたが母の家事に口を挟んだことなど皆無だった。一見するとカカア天下。だが不動産やクルマの購入といった一家の大事はすべて父が担当した。平素、母に屈しながら実際に力を発揮するのは父だった。ビスマルクのような内でも外でも家父長は、私の好みとするところではない。

一〇年ひと昔

一度の裏切りを根に持つのではなく過去に何があっても（今が良ければいい）そういう価値観でありたい。振り返って思えば会長がそんな人だった。「執拗でいるより寛大であれ」人間誰もが若かりし頃には様々なことがある。そして世間で揉まれる内に観念や人格が形成されるのだ。一〇年ひと昔。執拗な人柄を吹聴するのではなく、浮世の揉め事も一〇年経ったら忘れなくてはならないし、忘れるべきなのだ。

現代戦とは　NO.1

イラク戦争は徹底的に叩き潰したため失敗した。湾岸戦争は程ほどだったから成功した。

現代戦とは　NO.2

湾岸、イラク両戦争と異なりロシアのウクライナ侵攻に米国が関与しようとしないのは中東諸国とは違い、ウクライナにはそれに見合う利権が見られないためである。

介護の末期

父が入院する三日前、ケアマネさんに宛てたメールをそのままコピーする。固有名詞を仮名に変える他は敢えて原文のままである。このとき私は介護疲れと相まって、癌の末期でむせて苦しむ父に何もしてやれなかった。「お父さんが先ならいいのですがぼくが先のときはお父さんのことをよろしくお願い致します。怒ったりして本当に申し訳ありませんでした」「某さんへ。ぼくはもう駄目です。このままではお父さんと共倒れです。お父さんを施設に入れたいです。いくら掛かってもいいのでなるべく療養環境のいいところを探していただけないでしょうか?」「下腹部だけでなくみぞおちにも激痛が走ります。転移したようです。もしぼくからの連絡が途絶えたら様子を見に来てください。仏間の窓の鍵を開けておきます」当時の私にできたのは、這うように窓の鍵を解除しメールを打つことだけだった。それ以外は何もしてやれなかった。

父の最期の言葉

父の入院前日から当日にかけて吐き気止めの漢方薬を服用させた。当時、父は水分摂取が困難な状態でありゼリーにからめ私が呑ませたのだ。かなりの嘔吐を訴えたが「なるべく戻すな」と言ってやった。ケアマネさんに宛てたメールをそのままコピーする。「お父さんが『あっ君に騙された』と言った。凄いショックで『ごめんね、ごめんね』と謝ると『冗談だ』『お前が故意にやったことじゃないからいい』『ありがとう』と言いました。多分これがお父さんの最期の言葉になると思います。お父さんは今寝ています」父の最期の言葉は「ありがとう」だった。父が他界後、枕元に立ち吐いた言葉も「ありがとう」だった。

母の叱責

私の幼少期「五体満足に産んでもらって感謝しなきゃいかんよ」母は私を叱責する際よくそう言った。だがその台詞は私が精神科を受診して以降、母の口からは消えた。

障がい者の雇用

私が若かりし頃は障がい者というだけでなかなかいい職にありつけず昇進もできず昇給も殆ど叶わなかった。それが今日では各種の障がいをお待ちの方々が多方面に進出される時代となった。しかし成功しているのは障がい者でもごく一握りだ。大多数の障がいをお持ちの方は、大抵は障がい者授産施設で泣かず飛ばずの人生を終える。これには社会の偏見もさることながら雇用主側から見て障がい者は健常者ほど間に合わないという現実があろうかと思われる。ただ第一線において活躍しておられる各種の障がいをお持ちの方々からも明らかなように、僅かな予算さえ割けば健常者以上の働きをする障がい者もいる。確かにハンディを抱えながら健常者より上の仕事量をこなすのは至難の業だが、各種の障がいをお持ちの方が少しでも社会に出られるよう様々な法整備を進めてほしいものだ。

精神障がい者の雇用

近年に至り働くろう者の活躍等により手話通訳は当然の時代となった。今時、選挙の立会演説会に手話通訳者が同行しなくては、その候補者の当選は覚束ない。ただ各種の障がいをお持ちの方が多方面に進出される反面、私のような精神障がい者には人生の成功者は特におらず行政の立ち遅れを感じる。その最たるものが法により精神障がい者の運転免許取得が全面的に禁じられているという事実である。精神障がい者は事故を起こした際の責任能力がないという理由で。現行法では精神障がい者には原動機付自転車の免許すらその取得が制限されているのである。だから精神に障がいがあると――仮に退院を果たしたとしても――活動領域に限界があり、就職などの面でかなりの制約を生ずる。それもあってか精神障がい者には勤めに出ている者が極端に少なく、常に日陰の場におかれているのである。何とかならぬかと様々な思案を巡らしてみたが、社会に出る際に必要不可欠な運転免許の取得が困難な状態であり身動きが取れないというのが現状だ。つまり精神障がい者が一歩を踏み出すためには、現在第一線において活躍しておられる方々のご理解が欠かせないのである。

父の遺品――憲興の身辺雑記

父の遺品を整理したところ懐かしい品物が出てきた。私の小学時代、父が購入してくれたセイコーの腕時計だ。父のオレオールの時計と共に木箱に保管してあった。支店長用車専属のお抱え運転手であった父にとって、眼鏡と時計は必需品である。父はこういった類には出し惜しみをしない。数十年も昔の物なので正常に作動するか案じたが時計屋に持参するとオレオールに問題はなく、セイコーも――日付け機能こそ破損していたものの――時計としては正常とのことだった。私はこれまでロレックスの購入が目標だったが父の遺品を手中にした今、ロレックスなどどうでもよくなった。今後は日用使いとしてはセイコーを、政治家になったらオレオールを公務用の時計としたい。

ケアマネさんに宛てたメールから

ケアマネさんに宛てたメールをそのままコピーする。「お父さんはドを超えた健康オタクなのですがあんな身体になっても健康を気にするのです。『空きっ腹で薬を呑むのは嫌だ』とか『膀胱炎にならないようにお下を綺麗にしてほしい』それが痛々しくてかえって生命の尊さを感じた。」

人事権者の人物眼

私のデイケア時代というからかれこれ三〇年にもなるか、当時院外作業の職親に病院近くのレストランがあった。私はデイケア課長の挨拶に同行した。出されたショートケーキを無心で食べる私を見て「凄いのを連れてきましたね」レストランの店長が思わず口を開いた。課長も苦笑していた。通常できる人とはあのような席上では周囲に気遣いながら食するものらしい。児玉源太郎は会食に部下を招き食事中のマナーからその人の人となりを解析したという。仮に児玉源太郎が上官なら私には部署がなくなるところだったが、私は職員のお茶の飲み方でその人の良し悪しを判断したことなど一度もなかった。因みに私は手相術の書籍によるともろ、企画と人事向きである。S病院の役職者に寛大な者が多いのは会長の好みによるものだが人事権者とは配下の者を抜擢する際、己と類似の能力を有する者を評価するのかもしれない。

父の介護

父の介護は死んで終わった。二度目の介護度認定検査の日、父は「俺はこの先どうなっちゃうだや」と思わず弱音を吐いた。当時認知症には罹患しておらず思念は正常の時だった。それから程なくして初期のアルツハイマーとの診断を受け、論理的思考力を失うと父は己の行く末を案じなくなった。いずれ治癒すると思い込む父の姿は痛々しかったが（生き地獄を味わうより嫌なことをすべて忘れて何にも分からなくなってしまえばいいな）私は思った。

社会的信用の回復

現時点で、私には社会的信用が皆無である。ケアマネさんの事業所で問題を起こしたばかりであるし、それればかりか四〇代の頃も不安定な毎日だった。このため、近所の方の前で目がきつくなったこともある。それらすべてを過去のものとして清算するには某課長を模倣することだ。三〇代の頃、私は些細なことから某さんの前で激しい不穏状態となった。H次長が駆けつけ平身低頭しなくては収まらない事態にまで発展した。当時平だった某さんは号泣していた。それから私が心を開くまで一〇年、某さんは根気よく私をケアしてくださった。某さんにとってあの歳月は暗黒の日々だったと思う。一度揺らいだ信用はなかなか回復しない。だがきちんとした生活態度を維持すれば、いずれ世間は認知してくれる。苦しい時、辛い時、そういう時は某課長を見習い、信頼回復に努めたい。

恐怖政治は今やグローバルスタンダード

かつて列強と呼称された国々は戦前の国粋主義的独裁体制へと移行しつつある。中国は習近平の独裁王朝と化したし、ロシアも同様だ。米大統領はかろうじて公選で選出されているものの、あちらのメディアでは一度権力を得た者を批判的に報道することは実質できない。そして我が国においても国家緊急権の制定が声高らかに叫ばれている。恐怖政治は今や一部の狂信国家特有のものではなくグローバルスタンダードとなりつつある。

語彙と文学

「英文には情緒がない」何時だったかそんな台詞を妹が吐いた。ヒトラーも英語に対しては類似の思念を抱いており「一般的な事実や観念以上の思想を表現できない」と述べている。文法が簡素で他言語に対して習得が容易とされる英文においては表現できない事案も多いらしい。第一英語圏には大物文化人が極端に少なく、ざっと見渡してみてもシェイクスピアとヘミングウェイくらいだ。逆に豊富な語彙を要求されるロシア語圏とは文学の宝庫で文学史上の至宝ともいえる名作が数多く記録されている。そしてかなり難解な文法を持つ我が国においても――貴族という遊閑階級が存在した平安期には――世界的に見ても優れた文学を多数輩出している。

感動の消失

私自身、この年齢となり人とは齢を重ねるにつれ感動が消失するものだと身に染みて感じている。私にはもう若かりし頃のような熱烈な恋愛は無縁なのだと思う。振り返って思えば若者のコンサートでは殆どが立ち見なのに対し高齢者は着座してじっくりと聴くことが多い。石原慎太郎さんは古希を迎えた頃だったか『老いてこそ人生』という書籍を出版されたが――若者にしか発想し得ない独創的な世界観もあれば――落ち着いた文体と深甚な洞察力を要求される歴史書のように――老年期に到達した者でなくては気付かない、そういうこともあるのだと思う。

犬猿の仲と橋下徹さんの政治力

橋下徹さんと山本太郎さん、凡そ相容れない犬猿の仲のようだ。どちらが先に仕掛けたか、それは知る由もないがボロカスに言い合い大人気ない。ただ両氏に敢えて指摘するとしたら政策論争とは法廷ではないということだ。司法の場なら己に好都合な事案のみを一方的に列挙すれば済む。しかし政治とはあらゆるデータを捉え事態を客観視しなくてはならない。ただ気になるのは「維新は自民党の三軍」という山本さんの発言である。自民と維新には理念として通じるところも多く有事の際、維新は与党入りする。この一事からして確かに三軍と言えなくもないが。ただ維新の会、旗揚げに際して橋下さんは与党に傷を負わすことなく野党票の取り込みに成功している。仮にこれを計算づくだとしたらかなりの政治力だ。

何時の世も存在する異端児

何時の世も異端児とは存在するものだ。旧陸軍においては石原莞爾。小泉政権時代は辻元清美さん、そして近年、活躍が甚だしいのが山本太郎さんであろうか。確かに皆さん、やたらと弁が立つ。だがどなたも策謀家とは言い難く、石原は為政者に不服従なため軍を追放された。辻元さんも時の権力に理屈で闘いを挑み抹消されている。山本さんにこの先どのような命運が待ち構えているのか詳細は知る由もないが、政界とは魑魅魍魎としたところである。正攻法で闘うのみでは到底栄達は遂げられないものだ。

歴史の媒体により得られる素養の違い

「あの子、色々本を読んどるけど何にも知らんよ」ケアマネさんの事業所の某看護師がそう話しておられるようだった。某さんは大変博識な方で私などが存じ上げないことをよく知っておられた。大河ドラマから得た豆知識だという。ヒトラーは青年時代、建築家を志しており芸術関連の書籍を読み漁った。彼自身の後年の談話によれば建築史、美術史、文化史に関する専門書を貪り読んだという。因みに私が若かりし頃、目を通したのは主に軍事史だった。歴史とは真理を追求するものであり、その媒体により得られる素養に違いこそある。だがそこから汲み取られる人間模様は常時同じだ。これはヒトラーのみならず私まで社会主義に着目した一事からも明らかだろう。

橋下徹さんのメディア操作

橋下徹さん。こうして振り返るとメディア操作が巧みな方だった。全国最年少知事として大阪府庁に着任するや道州制の導入、首相公選制へ向けた憲法改正、大阪都構想、大阪維新の会、そして日本維新の会旗揚げと、凡そ三ヶ月おきにメディアに対しニュースソースを与え続けた。人の噂も七十五日。世間が同じ話題で囃し立てるのは二ヶ月半、もって三ヶ月だ。ただ橋下さんは府の財政再建のためありとあらゆる予算を削減した。そして私学高校の助成金という本来なら切るべきではない聖域にまで手を付けた。この失政が府民の反発を招き、大阪都構想不信任という審判を受けた。

治安の悪化と国粋主義

日本は貧しくなるにしたがい治安は悪化の一途を辿っている。ここまで治安の悪化が社会問題となると我が国においても国粋的とならざるを得ない。シンガポール建国の父リー・クアンユー初代首相は自書の中で「過酷な刑罰を科すと人は罪を犯さなくなる」と書いている。これは戦時中の日本の占領地軍政から学んだことだという。かつて治安が滅茶苦茶だった自由の国アメリカも国粋的となるに従い、治安は持ち直している。

歴史は繰り返す、超格差社会の後に展開されるもの

米国製のプロレス。反則技のオンパレードで半ば殺し合いである。あのような殺戮の娯楽物を与えねば秩序が保てぬほどアメリカ国民の心は荒んでいる。どことなく「パンと見世物」を要求した古代ローマの無産市民を彷彿させられた。この両社会、そして我が国に

通じるものがあるとすればそれは超格差社会であろうか。古代ローマの崩壊後、西洋において展開されたのは文化や科学技術が停滞した暗黒の日々であった。歴史は繰り返す。これからの世界に待ち構えているのは道徳的規範のみがやたら尊ばれた中世という名の千年なのかもしれない。

ゆとり教育世代によって担われる社会

現在、我が国においては――諸外国に類例をみない斬新な教育方式として採用され天下の愚策として廃止された――ゆとり教育によって育まれた方々が中核を担う時代となった。ゆとり教育世代と聞くと軽く叱責されただけで自殺する、そんな印象が濃厚だが、このような脆弱な若者によって構成される社会とはいかがなものとなるのか、一抹の不安がなくもなかった。ただ事実は小説よりも奇なりで、蓋を開ければ超デリケートな社会が待ち構えていた。令和においてはクレームもソフトに入れなくてはならない。社会のニーズに人が対応するのではなく社会が住人に合わせる。案ずるよりも産むが易し。俗世とは如何様にもなるものだと思う。

磐石な権力基盤を築くには

田中角栄は数こそが力なりという哲学の持ち主で己の権力基盤を磐石なものとするために配下の者に大枚を散じた。だが金が接着剤の役割を担うのは自身に追い風が吹いている間のみである。判断を誤り世論の心が遠ざかれば金は悪評のネタにしかならない。逆に小泉純一郎を見るが如く、世論さえ味方に付けていれば金銭に頓着がないのはむしろ美談として語られる。権力をより強固なものとするには世論の心を掴むこと、そのためには判断を誤らないことだ。

権力というもの

ヒトラー、ナポレオン、カエサル、権力亡者とは何時の時代も己に独裁権を付したがるものらしい。我が国においても日本維新の会旗揚げに際し、橋下徹さんが党規約において代表に大幅な権限を与えた。だが制度上、どれほど自身に強権を付与したところでそれにより自己権力が安泰かといえば疑問符である。現に先の偉人はみな――絶頂期こそ栄華を極めたものの――最終的に奈落の底に突き落とされている。逆に現代中国中興の祖、鄧小平は最高指導者として君臨したが公称はあくまで――中央軍事委員会主席という――軍の長であり党や政府機関に対する指揮命令権は皆無だった。更に述べると八五歳で軍委主席を退いてからも九三歳で他界するまで平の党員として最高指導者であり続けた。いくら己に強権を付してても対応を誤れば失脚するし、法的な位置付けなどなくとも判断さえ顕著であれば権力とは身辺から離れないものなのだ。

開戦に至る必要条件

近年に至り中国やロシアの脅威が真しやかに叫ばれているが揉め事とは経済交流が尽きた果てに発生するものなのだ。つまり逆説的な表現を用いるなら、経済交流があり互いが互いの市場を必要としてさえいれば政治が如何に冷えきっても交戦状態にはならないのである。我が国は中国市場に熱い眼差しを注いでおり中国も日本という市場を欲している。このようなgive & takeの関係にある時とは戦争は決して勃発しないものなのだ。

ほのぼのした話

私のデイケア時代、ご夫婦で通所しておられる患者に某さんがいた。病棟で出逢い障がい者同士で連れ添っているという。「クーラーはありませんでしたが、たまに外食に出掛けました」某さんが病院の寄稿文集に投稿したエッセイの一文が強い印象として残っている。父の生前、妹が砂糖不使用のジャムを購入してきたことがある。父はそのジャムを大いに気に入り「あっ君、買ってきてくれんか」と私に命じた。お使いに走りかなり高価なジャムであることを告げると、父はパンに薄く塗りとても大切に頬張っていた。着道楽の由美子は高級ブランド服で身を覆っている。由美子の所得からするとかなり背伸びしているのだが（美味しい物も食べんで……）、そう思うと由美子のけなげな姿が妙に愛くるしかった。

これからのアジア外交とは

今、与党政治家のみならずメディアまでもが反中反韓、そして台湾有事をしきりに煽っている。だが本当に習近平は台湾へ派兵するだろうか？　現代戦とは図上演習により開戦時には戦の勝ち負けはついているものなのだ。信長は「勝敗の七割は合戦前の政略で決まり戦闘で決まるのは三割にすぎない」と持論を述べたが、兵学思想とは現代においては底が割れるほど研究が進んでおり出るものは出尽くした。つまり名将の天才的な用兵で勝敗が決するというのは今日ではあり得ないのだ。そして現段階における軍事力は中国より日米の方が勝っている。いくらちょっとおかしなところのある習主席でもこの段階で台湾へ攻め込むとは俄に信じがたい。更に挙げれば政治とは利権であり打算である。韓国、北朝鮮両国をこちらに取り込めば中国は孤立する。急成長を遂げたとはいえ今の中国に他国にくれてやる金はない。経済援助なら日米の方が有利だ。北朝鮮に様々な支援をすると共に日本市場を解放し北朝鮮を抱え込むのだ。中国も東アジアで孤立すればこれまでのような勇ましいことは言えなくなる。ＰＳ　メディアが取り上げないので詳細は知る由もないが今在日の方は苦汁を嘗めていると思う。彼らに非はないのだから差別的な言動は慎んでいただきたい。

会計検査院のあり方

現制度下における会計検査院の監査は泥棒が泥棒のあら探しをするが如くとはよく指摘されるところだ。更に述べると参議院を名目的な存在としないためにも、衆議院は予算を参議院は決算を主な業務とすべきとも頻繁に語られる。これらの事案を総括すると私は、会計検査院を内閣から引き離し参議院の所轄下に置き参議院野党第一党所属の議員が会計検査院院長をこなすのはいかがかと思案している。

これからのNHK

NHK党の立花孝志さん、言動が過激で私はこれまでどちらかというとネガティブな印象を抱いていた。ただNHK元職員である立花さんはNHK内部の腐敗を目の当たりにしており、それを正すために立ち上がったのだという。私は先日インターネット回線を解約した。所得としては障がい年金があるのみで今の私にはインターネット回線料金だけでなくNHK受信料まで納める余裕がなかったためである。立花さんは「NHKをぶっ潰す」と訴える。確かに事実上親方日の丸的なところがあるNHKには汚職が蔓延しており腐りきっていると言わざるを得ない。第一NHKなど殆ど誰も観ていない。だから視聴率は常に低いのが現状だ。そして現制度下において――NHK受信料が強制である以上――テレビとは実質有料なのである。ただあれ程の規模を誇る機関を直ちに解体するのは非現実的であるといえる。確かにＮＨＫも大河ドラマや韓流ドラマといった高視聴率番組を放映してはいる。私はＮＨＫを廃止にするのではなく民放と同じくＣＭを採用すれば良いと思う。そしてスポンサーも付かない低視聴率番組には降板していただくのだ。とにかく多額のプール金や汚職が蔓延っている以上、それをこのまま野ざらしにするわけには参らない。

付　録

1　某先生へ。先生、何時もお世話になってます。先生のブログにぼくの名前が掲載されておりビックリ致しました。お父さんのことを気に掛けていただき誠にありがとうございます。ぼくは仮に彼女との結婚が決まったら新婚旅行は東京がいいなと思っております。首相官邸が見てみたいんです。先生は首相官邸を見物に行ったことはおありでしょうか？アメリカにおいてもホワイトハウス観光に訪れるのはもっぱら遠方の方なのだそうです。そしてもんじゃを食べてみたいです。何かありましたらまたコメントさせていただきます。これからもよろしくお願い致します。

2　某先生へ。先生、何時もお世話になってます。先生の家系は三代続いたサラブレッドですよね。幼少期から（成功せねば）というプレッシャーは凄かったと思います。ぼくの親戚に人生の成功者は特におらず、プレッシャーというものを意識したことはありませんでした。その代わりバカにされ見下されての人生でした。ぼくが小学時代の話です。当時、お父さんは他所に不動産を所有していたのですが、そこに「アパートを建てようか」との話が持ち上がったことがあります。営業マンが家に出入りするようになり「運転手だ」と身分を証すと途端に冷たくなったのです。そして営業マン同士の会話でお父さんの悪口を言っていたらしいです。たまたまそれを耳にしたお父さんはとても傷つき、お母さんが慰めたんです。幼いながらに傷つき落ち込むお父さんとそれを懸命に励ますお母さんの姿が印象に残っております。何かありましたらまたコメントさせていただきます。これからもよろしくお願い致します。

3　某先生へ。先生、何時もいいね！ありがとうございます。今日は特にネタがないのですが、取り急ぎお礼のコメントだけさせていただきます。以前コメントしたと思ったのですがぼくのブログに家族ネタが増えたのは先生の模倣なんです。そしてぼくのコメント力は鬼の某によって鍛え上げられているんです。何かありましたらまたコメントさせていただきます。これからもよろしくお願い致します。

4　某先生へ。先生、何時もお世話になってます。先生は数学が不得手なのですね。ぼくも高校時代、数学はさほど好きではありませんでした。得意科目なので嫌いではなかったのですが微分積分、あんなことをやるより歴史の方が楽しいですね。あの頃のぼくは数学オンリーで語学となると一問も解りませんでした。かなり片寄った頭で、若かりし頃のぼくは己をディスレクシアなのかと思っておりました。五年程前、主治医から病によるものと告知されました。そして健常者なら東大は無理にしても早稲田程度なら進学可能とのことでした。主治医がこの一事をカンファレンスで指摘すると誰もがぼくを「知的レベルが高い」と認知するようになりました。バカが一躍天才になった。まるで桶狭間の合戦直後の信長を見るかの如くです。上に評価されるとは凄いものだと思いました。何かありましたらまたコメントさせていただきます。これからもよろしくお願い致します。

5　某先生へ。先生、何時もお世話になってます。先生はもんじゃばかり食べておられるようですね。郷里の味っていいですよね。やしきたかじんさんが生前語っておられたのですが、大阪では「久し振りにお好み焼きやろうか」と言って三日振りなのだそうです。日本の風俗は年々欧米化しつつありますが、やはりハロウィンよりも盆踊りです。小泉内閣辺りから日本は右傾化したと言います。他国の文化や風俗を否定する戦前の国粋教育はすべきではありません。でも母国や郷里に誇りを持つ愛国教育はあっていいと思うんです。何かありましたらまたコメントさせていただきます。これからもよろしくお願い致します。

6　某先生へ。先生、何時もお世話になってます。ぼくはブログに生涯をこの家で終えたい、と書きました。でもお父さんの意思は建て替え希望でした。「こんな古い家で地震でも来たらどうするだ」よくそう言っていました。お父さんの意に従い建て替えようかとも思ったのですが、心の整理がつくまではこの家で過ごしたいと思っています。何かありましたらまたコメントさせていただきます。これからもよろしくお願い致します。

7　某先生へ。先生、ご無沙汰しています。突然連絡が途絶えたぼくのことを訝しく思われていたのではないでしょうか。実は今入院中なんです。突如として湧き起こった急な話で彼女にメールするのがやっとでした。昨日退院許可が下り、ついでにスマホの許可も下りました。あちこちに電話をかけたりメールしたり慌ただしい半日を過ごしました。今日ようやく落ち着き先生にメールを打っています。ぼくはもうブログを更新しないつもりです。それと先生へのコメントもこれで終わりにしようかと思ったのですがやはり先生のお世話にはなりたいです。というのも先生にコメントするとぼく自身とても勉強になるんです。ただこれまでのように手堅くコメントはしません。数ヶ月、時に半年以上開けることになるかもしれませんがコメントのクオリティを上げたいです。ぼくは時計の動画を観るのが好きでロレックスの購入が目標なんです。でもお父さんは反対でした。「時計に一〇〇万はもったいない」だからぼくはまだロレックスを買いません。それとぼくが占いどおり大富豪になったら先生に我が家の表札をお願いしようかとも思ったのですが、やっぱり止めておきます。お父さんなら言うと思うんです。「表札に一〇〇万はバカらしい」お父さんはとても健康に気を使う人でした。そして無駄遣いをせず、物を大切にし、それでいてお世話になった方にはいい物を返すんです。お父さんはもうこの世の人ではありませんが、ぼくは、これからの人生、お父さんの言い付けに従い、お父さんの生き方を模倣して過ごしていきたいと思っています。そしてそれをすることがぼくのお父さんに対する忠誠なんです。何かありましたらまたコメントさせていただきます。これからもよろしくお願い致します。

8　某先生へ。先生、朝令暮改で申し訳ないのですがブログを更新致しました。二本書きました。一本はアホネタですがその次はマジで面白いです。よかったら目をお通しください。先生のいいね！がないと寂しいです。これからもよろしくお願い致します。

9　某先生へ。先生、早速いいね！ありがとうございます。朝令暮改を繰り返す気まぐれなぼくですが、占いの世界では天下を取る器なんです。占いが当たればの話ですがぼくは、国政のトップに立つ人間なんです。お父さんの会社を旧帝国海軍に投影しました。本店営業部長とは連合艦隊旗艦艦長です。そしてぼくが憧れる企画部長は連合艦隊先任参謀です。どちらも海軍大学校優等卒の超エリートが配属される部署でした。中国古人の高名な言ですが「男に生まれた限りはあんな風になりたいものだ」誇大妄想狂のぼくは、占いが当たることを心から祈っております。何かありましたらまたコメントさせていただきます。これからもよろしくお願い致します。

10　某先生へ。先生、何時もお世話になってます。人の習性とは面白いもので好みのカラーってありますよね。先生は赤がお好きなんですね。だからどうしても赤いバイクばかり買ってしまう。ぼくが今使用している時計もその前に使っていたのも文字盤は黒でした。政治家とは国民にその存在を印象付けねばならず、そのため常時同じ髪型をし同じデザインの服を着る必要があります。そしてなるべくインパクトの強い独特な眼鏡を掛けたりします。だからではないのですが物臭なぼくは同じ服ばかり所有しているんです。看護師さんに「服、変えてる？」と聞かれたほどでした。先生がご馳走ばかり食べておられるのは定番ですが庶民派を気取るぼくも一度でいいからお金を気にしない生活がしてみたいです。日本は日増しに貧しくなっていますが、己がそれを解決する救世主になれたらな、と誇大妄想狂のぼくは偉人伝を貪りながら虎視眈々とその時を狙っています。PS　そうこうするうちにいい歳になりました。何かありましたらまたコメントさせていただきます。これからもよろしくお願い致します。

11　某先生へ。先生の新しい愛車に何かいい名はないかと考えました。ポチといったペットのような名前ではおかしいですし某2号もしっくりこない。因みにバイクとは西洋では女性名詞なのでしょうか？　高校時代、英語が一問も理解できなかったぼくではそんなことも解らないのです。色々頭を痛めたのですがぼくにはそっち系の才能はないようです。仮にぼくが健常者で彼女との間に子供を授かったとしてもぼくでは真新しい新鮮な新造語は閃かないと思います。振り返って思えば人のなす思考とは貧困というか一様なもので――精神医学界の父であるエミール・クレペリンですら彼の功績は統合失調症、双極性障害、パラノイア（妄想性パーソナリティ障害）といった同様の経過をたどる同類の疾患に対してのみでした。政治学、教育学、文学という凡そ相異なるジャンルで優れた功績を遺したジャン＝ジャック・ルソーのような人の方が希なのだと思います。PS　先生は把握しておられるかと思うのですがろくによく見もしないで投稿し投稿後チョコチョコ直すという悪い癖は止めようと思っています。何かありましたらまたコメントさせていただきます。これからもよろしくお願い致します。

12　某先生へ。先生から見ると既に終わった話なのですが、バックナンバーで申し訳ありません。新車が納車されたんですね。ただああいったものは貯金をして納車までが楽しみなんですよね。一度乗ってしまえば扱い方は同じですし、今回のコメントはぼく自身の話です。先生もぼくがロレックスの購入が目標というのは把握しておられると思うのですが、ああいった物はお金を貯めて動画を観ているうちが最も楽しいのだと思います。一〇〇万超えの高級時計とはいえ手にしてしまえばただ時間が分かるだけ。会長は安価なソーラー式を身に着けておりました。「ソーラー式の電波時計で時計にこれ以上の機能は必要ない」と言っていました。お父さんは「ロレックスなどまるで無駄遣いだ」と申しておりました。確かに機械式高級時計とは外して数日放置すると止まってしまいますし実際に所有してみると案外不便なものかもしれません。それより現時点での気持ちとしては現在使用している時計を壊れるまで使いたいな、と思っています。今使っているのはお父さんにもらった小遣いで買った最後の大きな買い物でした。PS　先生は御年齢からいって確かにおじいちゃんなんですがそれでもいいいんです。孫がいるんですから。ぼくは、クラスメイトに早いのにには孫がいる歳なのに未だに独身なんです。「成功したら必ず迎えに行く」振り返ればそう啖呵を切って来年の三月ではや一七年となります。いい加減結婚したいです。何かありましたらまたコメントさせていただきます。これからもよろしくお願い致します。

13 某先生へ。ややアホネタなのですが某家のエンゲル係数高いですね。先生は食費に幾ら掛けておられるのか……。ぼくは、高級料理の味が分からないバカ舌で一三年前、お母さんの納骨で京都に行った際、お父さんが高級イタリアンのパスタをご馳走してくれました。グルメな妹夫婦は満足していたのですがぼくにはただのスパゲティの味しかしなかったです。それくらいのバカ舌です。学校時代の勉学でもそうでしたが不思議なもので人とは才能のあることとはやっていて楽しいのです。先生は書がお上手で幼少期から漢字が好きだったかと思います。ぼくはバカ舌なだけに食べ物に興味はなく食費に掛けるお金があるのなら書籍の購入に充てたいです。お金とは本人の納得のいく使い方がベストなのです。コメントばかりして申し訳ありません。何かありましたらまたコメントさせていただきます。これからもよろしくお願い致します。

14 某先生へ。ぼくのフォロワーが一人増えました。隠れフォロワーです。こんなことをするのは先生しかいません。フォローしていただきありがとうございます。

15　某先生へ。先生、早速いいね！ありがとうございます。投稿後チョコチョコ直すという悪い癖は相変わらずですが、そこはぼくのご愛敬と思っていただければと思います。何かありましたらまたコメントさせていただきます。これからもよろしくお願い致します。

16　某先生へ。先生、何時もいいね！ありがとうございます。先生はブログの閲覧が趣味なんですよね。ぼくは、他人のブログに興味はなく偉人伝が好きです。つい己に投影してしまうんです。他人の嗜好とは第三者には分からないもので、会長は博士号まで取得した精神科の専門医、精神医療に関する素養には凄まじいものがありました。ただ会長の頭にあるのは無名で終わる患者の一生です。医学論文なんてあんなものを読んでいて楽しいかな？　訳の分からんことをやって喜んでいる。根が物好きというか、だから学者肌なのだと思います。でもホント、他人の嗜好とは第三者には分かりません。何かありましたらまたコメントさせていただきます。これからもよろしくお願い致します。

17　某先生へ。先生、何時もいいね！ありがとうございます。ぼくも学びました。少々過激なことを書かなくてはアクセスが行かないです。振り返って思えば戦後、米ジャーナリスト、ジョン・ガンサーが数々の「内幕」ものを刊行しベストセラーとなりました。仮にぼくが現時点で大物文化人なら幾分問題になりそうな内容ですが、今のところぼくは全くの無名、何を書いてもよっぽど大丈夫です。これからもチョビット過激なことを書いていきたいです。何かありましたらまたコメントさせていただきます。これからもよろしくお願い致します。

18　某先生へ。ややアホネタなのですが、先生もスケジュール管理は手帳派なのですね。近頃はスマホにメモる方が増えたようですが。実はぼくもそうなんです。メモにはネットで購入したスケジュール手帳を愛用しています。スマホにささっとメモるのがどうもダメなんです。ぼくは浮世離れしているので現在ではすでに改善済みだと思うのですが、幼少期から漢字に触れなくては若者の漢字離れが進みます。このような発想を抱くこと事態が今は昔なのではないでしょうか。囲碁将棋といった知的レクリエーションや高度な文章力や計算能力も幼いころから叩き込まなくては成人後の知的レベルの低下につながります。その典型が「アヴェロンの野生児」です。人とはいえ幼少期から文明的な生活を過ごさせなければ成人後も原始人程度の知的能力しか得られないのです。我が国においても義務教育を終了するまでは電子辞書やスマホはなるべく使わず紙の本を読み紙の辞書を引くべきですね。近年のＡＩの発達は凄まじくＡＩにもできることと囲碁将棋といった知的レクリエーションや暗算を蔑視する方がかなりおられますが、幼い頃からあいった脳の成長を促す刺激物を与えなければ成人後の知的レベルにかなりの差が出ます。やはり幼少の内は昔ながらの暮らしをするのがいいと思います。何かありましたらまたコメントさせていただきます。これからもよろしくお願い致します。

19　某先生へ。先生、何時もいいね！ありがとうございます。ある東洋占星術師によるとぼくは、アイデアや意見がわりかしポンポン出てくるタイプでクリエーターだそうです。世を一新する世界観は無理ですが、色々と小知恵が働くほうだと自負しております。何かありましたらまたコメントさせていただきます。これからもよろしくお願い致します。

20　某先生へ。先生、何時もお世話になってます。先生が「復活」して一晩経ちました。現時点で先生に寄せられたコメントは六九。人気者ですね。先生はお若い頃からお山の大将で何処に行っても周囲に敬愛され長を務めてこられたのではないでしょうか？　先生のお人柄で大衆受けする第一は寛大なところだと思います。そこで気が付いたのは史上の偉人に寛大な者は皆無という事実でした。西郷隆盛とか諸葛孔明とかいるにはいるのですが更に強烈な統率力を誇る為政者となると寛大どころか執拗です。ヒトラー、ビスマルク、信長、大久保利通などを列挙すればご納得頂けるかと思います。つまり寛大な人柄で周囲の心を魅了するのは指導者タイプではなく教育者です。そして偉人と崇められる独裁的政治家とは素を知れば幻滅します。冷酷でやたら猜疑心が強くて執念深い、人間としては欠陥だらけです。ヒトラーや信長とは書籍で読むから魅力的なのであって直に面接すれば引くと思います。でも誇大妄想狂で己を救世主と公言して憚らないぼくは史上最大の政治家としてヒトラーに強烈に引かれます。何かありましたらまたコメントさせていただきます。

これからもよろしくお願い致します。（未承認）

21 某先生へ。先生、何時もいいね！ありがとうございます。ぼくは、以前先生にリクエストした「寛大」という用語を愛好しているんです。会長もそうでしたし、先生もそうですよね。ぼくももう五一歳です。根っからの性格は執拗でもその性格を恥じ、会長ならどうするか？　どう動くか？　そういう視点で世の中を見つめるようにしたいです。何かありましたらまたコメントさせていただきます。これからもよろしくお願い致します。

22 某先生へ。先生、何時もお世話になってます。先生は脳外科医に憧れがおありなのですね。高校時代、実際に医学部を受験したとかではなくただ漠然と医師という業種に興味を抱く。実は、ぼくも——患者サイドとはいえ——医療機関が長いものですから看護師業に強く引かれます。お母さんは手先が器用で呉服の仕立て屋をしていたのですが、そのせいか来世で仮に男として生まれてきたら「宮大工になりたい」と申しておりました。ただぼく自身若かりし頃、医学書を読み漁り、その読了感として感じられるのは（あのような業務にだけは就きたくない）というものでした。医師とは人の生き死にに関する専門的知識を有しているんです。医学書を紐解くと最後は人命に拘わる記述があります。エグいというかあまり面映ゆい学問ではなかったです。ですから先生も興味本位で医術に手を染めない方がよいかと思います。何かありましたらまたコメントさせていただきます。これからもよろしくお願い致します。

23　某先生へ。先生、何時もお世話になってます。また新車を購入されたのですね。納車が待ち遠しいかと思います。ただ先生のブログを拝読すると毎度「最後」と書いておられる。お父さんも古希を迎えた際「人生最後のクルマだ」と奮発して憧れだったスバルのレガシィを買いました。先生もそういうお歳になられたのだと思います。ぼくの彼女も来春で定年です。老後を案じる年齢となりました。老年期に至り誰もが抱く老後の不安。経済的事情とあと何年この世に生があるかという死の恐怖です。ぼく自身来夏で五二となり残された人生の方が短いのかと思うと感慨深いものがあります。みな若かりし頃があったのです。そういう時を経てこの歳となりました。何かありましたらまたコメントさせていただきます。これからもよろしくお願い致します。

24　某先生へ。先生、何時もお世話になってます。先生も主治医の薦めで健康には気を付けておられるとのこと。ご飯を減らされたそうですがこれでは長く続けるときついかと思います。そこで提案なのですが麦飯にされてはいかがでしょう。米はもろ脂になりますが麦ならその点は大丈夫です。会長の病院も給食は麦飯でした。ＰＳ　何か閃きそうなのですが只今推考中です。考えがまとまり次第コメントさせていただきます。これからもよろしくお願い致します。

25　某先生へ。先生、何時もお世話になってます。先生も主治医から「これ以上肥らないように」と指摘されたのですね。医師に限らずあらゆるスペシャリストに通じることですが専門職とはイッパシに育成するのに一〇年の時を要します。そして実務に就いてからも学ぶことだらけです。ですから素人がどれほどもがいてもスペシャリストには敵いません。ぼく自身三三の頃からクレペリンの医学書を憑かれたように読み耽りました。会長はそんなぼくを諭すかのように「君はこういった書籍は読まん方がいい」よくそう言いました。でも「読むな」と言われると読みたくなるのが人情で数年間は医学書にばかり目を通しておりました。そうこうするうちに病気の概要を大筋で押さえ愕然としました。医学とはえぐい学問です。会長の忠告を聞き統合失調症に対する生焼けの素養さえなければあのような思いをせずに済んだのです。医師とは医術に関する膨大な事実関係の累積に基づいて発信しています。ですからドクター指示に素直に傾聴して損はないです。肥満は万病のもとよく言われます。人とはストレスと肥満にさえ気を付けていればよっぽどの病は避けて通れるのです。健康を損なうと日常生活の様々な面に支障を来します。一度しかない人生、一つしかない身体です。ご自愛ください。何かありましたら、またコメントさせていただきます。これからもよろしくお願い致します。

26　某先生へ。先生、何時もお世話になっています。入院して病気が下がり「やったね」

といい気になっていたら頓服薬が増えました。脳の酷使は容態悪化が懸念されるためしばらくブログの更新と先生へのコメントを休止しようと思っています。双極性障害だった北杜夫さんはうつ期に入ると休養し躁期になると書きまくったそうです。ぼくも病気が下がり頓服薬が減ったらまた書きたいと思います。先生、ぼくのフォローを止めないでくださいね。ぼくも先生のブログの拝読は続けます。何かありましたらまたコメントさせていただきます。これからもよろしくお願い致します。

27　某先生へ。先生、何時もいいね！ありがとうございます。数日いい子にしていたら頓服薬が減りました。で、つい書いてしまいました。昔会長が「君の体調を考慮に入れると執筆はあまりお勧めできん」と言いました。でもこれをぼくから奪ったら何も残りません。これだけは止められないです。頓服薬の呑み過ぎから入院治療を要することのないように、ボチボチと書き物仕事を進めてまいりたいと思っております。ＰＳ　ブログを書いていて毎度思うのは（本当にこれで飯が食えたらな）ということです。論壇も狭き門だと身に染みて感じている今日この頃です。何かありましたらまたコメントさせていただきます。これからもよろしくお願い致します。

28　某先生へ。先生、何時もいいね！ありがとうございます。数日休んだら頭が大分クリアになりました。羽生善治さんも脳とは休ませねばならぬという哲学の持ち主でタイトル戦の前三日から将棋を一切指さないそうです。あれ程の頭脳の持ち主でもそうなのです。ただ書き物仕事をしていて毎度感じるのはこの業界は働けばいいというのものではないということです。時間で動くサラリーマンと異なり物書きとは書籍のセールスが物をいいます。石原慎太郎さんの『太陽の季節』のように一晩で書き上げてもクオリティが高ければ金になる。逆に執筆に一〇年の時を要してもセールスが延びなければ意味がありません。物書きとはその観点からするとかなり極端な歩合制です。真面目人間であるぼくはどうしても根を詰めてしまうのですが、頭のコンディションを維持するためには適度に余暇に没頭することだと思います。何かありましたら、またコメントさせていただきます。これからもよろしくお願い致します。

29 某先生へ。先生、何時もお世話になってます。お母さんが生前口にしていました。プロ野球の選手が述べていたそうですが「野球は高校生の頃が一番楽しかった」と。その方は上手さが高じてプロになった訳ですが、野球で飯を食うようになり金がちらつくと(ヒット一本幾ら)と絶えずギャラが念頭にあり、若かりし頃あれ程没頭した野球が楽しめなくなったというのです。芸能人もそうですよね。端からすればカメラの前でギャグを飛ばして楽しそうに見えるのですが、その裏では常に視聴率がプレッシャーとなり数字を弾き出せなければ次のオファーは来ないのです。お父さんの生前、何かしらの所用で妹の自宅に寄ると義弟が不機嫌極まりない相貌でいました。「出勤前はブルーだわな」妹がそう言いました。楽して稼げる仕事はなく、どの業種も金を前にするとでもそれを楽しむことはできない。俗世とは因果なものだと思います。何かありましたら、またコメントさせていただきます。これからもよろしくお願い致します。

30　某先生へ。先生、何時もいいね！ありがとうございます。政治家になるには社会的信用が不可欠です。そして社会的信用を勝ち取る第一歩は最も身近なコミューンとして近所の方との信頼関係の回復です。以前どこかでコメントしたように思うのですが、会長があれ程までの社会的信用を得るに至った要因は「寛大」の一言に尽きると思います。それにはバカになりきることです。何があっても怒らない。お人好しが過ぎるのではないかという程の広量な態度です。これは会長に止まらず社会的信用を獲得した方に通じる人柄だと思います。某課長はぼくとの信頼関係を築くのに一〇年の時を費やしました。一度失われた信用はそう簡単には取り戻せません。でも某課長を見習ってぼくも頑張りますので、先生も温かく見守っていてください。これからもよろしくお願い致します。

31　某先生へ。先生、何時もいいね！ありがとうございます。整ったコメントが遅れて申し訳ありません。お父さんの介護用品で仏間の掃除をしておりました。お父さんは何でも再利用する人でした。初めは余った介護用品をどこかの施設に寄贈しようかと思ったんです。でもお父さんなら反対すると思います。「これもお金が出ておるのだからただであげてはもったいない」「お前が使って捨てよ」「何か他のことで使え」お父さんならそう言うと思うんです。お父さんは滋養強壮剤の小箱もすぐには捨てず訪問看護の際の小物入れにしていました。そういう物を大切にし小知恵を働かせる人柄は認知になっても変わりませんでした。そしてお父さんはとても用心深い人でした。現役時代、会社のクルマの予備キーを必ずポケットに入れていたそうです。ぼくの石橋をついて渡る慎重かつ周到な性格はそこから来ているのだと思います。お父さんが生前よく口にしていました。「ジムに行く奴はバカだ」と。「あんなところで汗を流すのなら掃除をしろ」そう申しておりました。昔の小僧が担当した雑巾がけは全身が鍛え上げられるのだそうです。お父さん自身、ラジオかどこかで耳にした逸話のようでした。で、尿パットを雑巾にすることを閃いたのです。ぼくの一生ものの持病としてはヘルニアがあるのですが雑巾掛けをし背筋が付くにしたがいヘルニアの症状を出さなくなりました。ヘルニアは背筋が弱いとすぐに再発する病のようです。ぼくは、これからの人生、自分の主観で物事を見つめるのではなく会長ならどう言うか？　お父さんならどう動くか？　常にそういう視点から行動するようにしたいです。そしてそれをすることが、ぼくの二人の恩人に対する忠誠なんです。何かありましたらまたコメントさせていただきます。これからもよろしくお願い致します。

32　某先生へ。先生、何時もいいね！ありがとうございます。先生が以前コンニャクは肥らない、なんで?と書いておられたと思ったのですが、お父さんはコンニャクとか茄子は栄養がないと思っているようでした。お父さんはドを超えた健康オタクで茄子料理などは余り喜ばなかったです。だから教えてやればよかったです。「茄子は栄養価が高いんだぞ」と。人の味覚とは栄養価の高い食べ物を美味しく感じるのです。ただ茄子やコンニャクは低カロリーというだけなんです。肥る肥らないはカロリーで決まりますが、栄養価とカロリーはパラレルではありません。仮にその一事を知ればお父さんも茄子の煮物とかをもっと喜んだのに……。そう思うと寂しいです。お父さんにはもう逢えないんです。先生もお母様をこれからも大切にしてあげてください。何かありましたらまたコメントさせていただきます。これからもよろしくお願い致します。

33　某先生へ。先生、何時もいいね！ありがとうございます。ぼくは友人こそいませんが両親、師匠、パートナーといった人脈にはとても恵まれています。ぼくは、幼少期から両親に溺愛されて育ちました。でもお父さんもお母さんもぼくの惨めなところしか見られなかったんです。仮にお母さんがぼくが占いの世界とはいえ天下を取る器だと知れば喜んだと思います。ぼくが健常者なら東大は無理にしても早稲田程度なら進学可能と知っても喜んだと思います。お父さんは昨年の新年のケアマネさんの事業所の短冊に「息子にお嫁さんが来てほしい」それだけを書いたのです。お父さん自身体調不良が続いているのに自分のことは一言も書かず、ただそれだけを書いたのです。心残りとしては、生前に嫁さんの顔を見せてやりたかったです。何かありましたらまたコメントさせていただきます。これからもよろしくお願い致します。

34　某先生へ。先生、何時もお世話になってます。ぼくも靴下を互い違いに履くことが多いです。靴下の半足に穴が空くと捨てて、まともなもの同士を一対とするのです。それくらいの貧乏性です。占星術によればぼくは、金運が抜群にいいそうです。でも金に無縁の時代が長いので将来大富豪となっても質素な暮らしを貫きたいと思っています。そういう意味では西郷隆盛、乃木希典の清貧を心から尊敬しています。近代日本が生んだ二人の偉人は粗衣粗食で通し住みかも決して華美を好まなかったそうです。人間、誰もがロイヤルな暮らしに憧れがあります。しかしぼくは、国政の頂点に立つ者が自ら勝ち組を標榜すれば日本の格差は解消されないと思います。現に国民主権が叫ばれた近代以降で偉業をなした政治家や軍人とはみな倹約家です。金銭にやたら意地汚く金の噂が絶えなかった山縣有朋、桂太郎両氏は存命中絶大な権勢を誇りましたが、彼らの業績に末代まで特筆されるものはありません。近代以降の政治家で名宰相と崇められるのは最後まで庶民気質に富んだ者ばかりです。だからぼくは死ぬまで庶民感覚を忘れたくないのです。何かありましたらまたコメントさせていただきます。これからもよろしくお願い致します。

35　某先生へ。先生、何時もお世話になってます。胃がピカピカで良かったですね。何事も健康が何よりです。ただ逆流性食道炎とのこと。医師でもない人間が余計なお節介なのですが先生は食後うつ伏せに寝る癖はおありですか？　仮にあるとすればその生活習慣を改めない限りこの病は治りません。いくら治療を重ねてもいたちごっこです。ぼくも胃カメラを呑んだことがあるのですが、かなり強めの精神安定剤を服用しているので胃が荒れているとの診断を受けました。それと因果関係はないと思うのですが慢性胃炎に罹患しました。昨年の今ごろは慢性咽頭炎とかとにかく悪いところだらけでした。幸い今は治癒し残すは頭のコンディションのみです。ただ一度、体調を損ねてみると健康のありがたさを身に染みて感じます。もう若かりし頃のような不摂生をしようとは思いません。ある看護師が口にしました。「お菓子は煙草と同じ、百害あって一利なし」と。「お菓子は食うな、ジュースは飲むな」お父さんの言を遺言と思い、ぼくは、それまで日課のように飲んでいたジュースを両親の月命日にしか口にしないと心に誓ったのです。何かありましたらまたコメントさせていただきます。これからもよろしくお願い致します。

36　某先生へ。先生、何時もお世話になってます。先生はお気付きでしょうか？　ぼくがコメントについて先生の見解とまるで的外れな分析をすることを。あれは惚けているのではないんです。コメントの解析に高度な才能をお持ちの先生からすればたわいもないことでも、そっち系の能力が乏しいぼくでは本当に分からないんです。「笑っていいとも！」開設初期のタモリさんの弁ですが「何が面白いかも分からずただ会場で受けよう受けようとしていた」と言うのです。タモリさんも笑いのあるトークはできてもその分析となると芸能プロデューサーの横澤彪さんの比ではなかったのだと思います。何かありましたらまたコメントさせていただきます。これからもよろしくお願い致します。

37 某先生へ。先生、何時もお世話になってます。会長は要求の煩いボスで、配下の者に対する基準に上限はありませんでした。お父さんの元上司に凄く細かい支店長がいたそうです。副支店長や次長級の支店幹部が「よくあそこまで気が付くな」と舌を巻く程だったそうです。それほど煩い人ができの悪い次長には小言も言わないのだそうです。「諦めちゃっとるんじゃない」副支店長がそう口にしたらしいです。お父さんはぼくをたしなめる際、その逸話をし「注意される内が花だぞ」とよく言いました。ぼくは障がいのため漢字が苦手で、小学レベルのものでも書けない字がかなりあります。だからといって誤字脱字のオンパレードではアクセスは伸びないままですね。ブログとは象牙細工と同じで全体の構成も大切ですが、細部の仕上げも重要なのです。執筆は漢字の書き取り試験ではありませんん。カンニングは可なので書けない字は字引を引きます。これからもよろしくお願い致します。

38 某先生へ。先生、何時もお世話になってます。ステーキ、美味しそうですね。ぼくが中高時代、お母さんがよく焼き肉やハンバーグを食べさせてくれました。当時、我が家の経済状況など意に介さなかったのですがお父さんが他界し自分でやりくりするようになると、障がい年金しか所得がない今のぼくではハンバーグはとても手が出ないです。先生は把握しておられるかと思うのですがぼくの両親は信用金庫の運転手と呉服の仕立て屋です。確かに暮らし向きは質素でしたがそれでも人並みの物は食べていたしお菓子も買ってもらえた。玩具も買ってもらえた。習い事もさせてくれた。中学くらいからはお小遣いもくれました。決して潤沢とはいえない資金の中でよくしてくれたものだと思います。精神病院とも二年も経てばいよいよお別れです。占いによれば今後ぼくは、政治家となり羽振りもよくなるそうですがこれからのぼくには医学に対する素養は無用の長物となります。ただこれほどの格差社会ともなると今時の政治家は金勘定に長じておらぬと。そこで今マルクスの『資本論』を頭を痛めて読み込んでいるんです。如何なる学問にも通じることですが学術書とは非常に難解で一読した限りでは理解できかねます。振り返って思えばクレペリンの医学書も当初は何がなんだかラビリンスでした。羽振りがよくなったら彼女にブランドバッグを買ってやりたいです。お母さんには買ってやれんかったから彼女に買ってやるんです。ＰＳ　コメントの仕様が従来に戻りホッとしています。先生が直に審査してくれなくては楽しくありません。何かありましたらまたコメントさせていただきます。これからもよろしくお願い致します。

39　某先生へ。先生、何時もいいね！ありがとうございます。ぼくの左手には松下幸之助にあったとされる億万長者の財運線があります。四二歳くらいから線が現れ始め一〇年でようやく完成しました。手相術だけでなく占星術においても、今年が人生のターニングポイントとなるそうです。現時点での抱負としては鳴かず飛ばずの時代にお世話になった方との人脈をこれからも大切にしていきたいです。ＰＳ　体調が悪いです。マジで数ヶ月の休養を要する気がします。先生、ぼくのフォローを止めないでくださいね。ぼくも先生のブログの拝読は続けます。これからもよろしくお願い致します。

本書はブログ記事に大幅な修正をほどこし書籍化したものである。

著者プロフィール

鈴木 憲興（すずき けんこう）

元社会民主党協力党員。現社民党サポーター。

10歳で統合失調症を発症した極めて重篤な精神錯乱者で、初代主治医である「会長」を師と仰ぎ敬愛している。

ペンネームの由来だが「鈴木」は母の旧姓、「憲興」は内祖父の名を拝借している。

著書に『憲興閑談―愛蔵版―』(2020年)『憲興の閑談日記1』(2022年)『介護記録』(2023年) ともに文芸社。

ブログにAmeba『憲興の閑談日記』がある。

憲興の閑談日記2

2023年11月15日　初版第1刷発行

著　者　鈴木 憲興
発行者　瓜谷 綱延
発行所　株式会社文芸社
〒160-0022 東京都新宿区新宿1-10-1
電話 03-5369-3060（代表）
03-5369-2299（販売）

印刷所　図書印刷株式会社

©SUZUKI Kenko 2023 Printed in Japan
乱丁本・落丁本はお手数ですが小社販売部宛にお送りください。

送料小社負担にてお取り替えいたします。

本書の一部、あるいは全部を無断で複写・複製・転載・放映、データ配信することは、法律で認められた場合を除き、著作権の侵害となります。

ISBN978-4-286-24612-3